阿不達的羽毛

作者◎管家琪　繪圖◎陳維霖

在一片茫茫大海的中央，有一個還算是相當原始的小小島嶼，島上有一個小小的村落。

這天，天剛破曉，一個叫作阿弟的小男孩正在沙灘找螃蟹的時候，發現沙灘上躺著一個怪東西。乍看很像

是一隻大鳥，因為第一眼看過去只看到很大的翅膀，翅膀上有著非常濃密的羽毛，大部分是白色的，也有些是淡紫色，但是當男孩走近一看，才發現這根本不是大鳥，而竟然是一個背上有著一對大翅膀的鳥人。

鳥人閉著眼睛，不知道是昏倒了還是正在熟睡，渾身看起來髒兮兮的。

突然，鳥人睜開了眼睛，把阿弟嚇了一大跳，「哎呀」一聲，馬上跳開。

鳥人慢慢的坐了起來，搖搖腦袋，又揉一揉凌亂的頭髮，然後，低頭看看自己，皺了一下眉頭，又看看四周，輕輕的嘆了一口氣，說了一聲：「這是什麼鬼地方啊？」

阿弟呆呆的看著他。

鳥人看看阿弟，苦笑了一下，「你是從哪裡來的呀？」

阿弟心想，好奇怪，這個問題不是應該我問你才對嗎？

「這裡不是鬼地方，」阿弟說：「這裡就是這裡。」

「好吧。隨便。」鳥人慢慢站了起來，還撲了一下翅膀，

好像是想要把灰塵給撣掉。

阿弟被灰塵嗆了一下，後退了幾步。他還是死死盯著鳥人，終於開口問道：「你是誰？你是從哪裡來的？」

「我嗎？我告訴你我是從哪裡來的——」鳥人用手指指著上面，然後說：「天上。」

「天上？怎麼可能？」阿弟說：「大家都知道，只有神才是住在天上的。」

鳥人笑而不答，伸了一下懶腰。

「嗯，我餓了。」鳥人說著，側過頭從自己的翅膀上拔下幾根羽毛，再湊到嘴邊，輕輕的吹了一口氣——

哇，阿弟簡直不敢相信，才一眨眼的工夫，眼前竟然立刻就出現了一張非常精緻的餐桌，桌上還擺著好多食物，雖然阿弟也不知道是些什麼東西，但從它們的形狀、顏色和氣味，就感覺這些食物一定都是非常的可口。

鳥人抬起頭看看萬里無雲的天空，「嗯，再來一把遮陽傘吧，還要一把舒服的椅子。」

於是，他又從翅膀上拔了兩根羽毛，再一吹氣——僅僅一眨眼的工夫，遮陽傘、椅子，統統都有了。

「嗯，這樣還差不多。」鳥人滿意了，撩了一下長長的白袍，坐了下來。

阿弟看得目瞪口呆，結結巴巴的問：「是不是你想要什麼都可以用羽毛變出來？」

「答對了。」

現在，阿弟相信他真的是來自天上了！不僅如此，阿弟還打心底的認定他根本就是天神！

「天神來了！天神來了！」阿弟激動的大呼小叫，掉頭就跑，想要盡快去向大家報告這個大消息！

「天神」則面帶微笑，舉止優雅的開始吃著自己變出來的早餐。

看著男孩匆匆忙忙的離開沙灘，阿不達知道他一定是要去向同伴們報信。

想著剛才男孩對自己的稱呼——「天神」，阿不達的嘴角不禁浮現出一抹微笑。

「天神？嘿，真有趣，聽起來還滿威風的。」阿不達一邊吃著早餐，一邊環顧四周，心想：「這裡有山有海，有樹有沙灘……嗯，還可以啦，不算太糟，總算沒有把我丟到一個亂七八糟的地方，這裡嘛——還可以接受……」

想到這裡，阿不達的心裡忍不住又隱隱作痛起來……

他覺得，自己的族人真的好狠，就為了自己那個又不是什麼大不了的毛病，居然就真的這麼容不下他，居然就真的把他給放逐了？他一直以為他們只是嚇唬自己而已，沒想到……

好狠，真的是太狠了。

「好吧。」阿不達揚一揚頭，振作精神，給自己打氣道：

「我就在這裡好好的過，痛痛快快的過，我相信這裡的人一定

都會歡迎我的，不過——叫我『天神』好像實在還是太誇張了……」

他斯斯文文的嚥下一口美食，望望遠方的樹林，心想，吃完早餐他要先散散步，享受一下沙灘上這種寧靜的氣氛；待會兒這裡一定會很熱鬧，男孩一定會帶著很多同伴過來找他的。

果然，不一會兒，好多村民都得到了消息，都半信半疑的紛紛往沙灘上跑，都想要看看到底是怎麼回事。

很快的，看到天神了。出於一種由衷的敬畏，大家不由自主也不約而同的遠遠就停了下來。

「天神」正在沙灘上散步，看起來好像挺悠哉的，背上的大翅膀非常服貼的收攏著，如果只看他在沙灘上的影子，恐怕根本想不到他的背上會有一對那麼大的翅膀。

這時，「天神」轉了一個身，看到擠在一團的大夥兒了。

「嗨，你們好嗎？」「天神」笑咪咪的大聲招呼，還朝大家熱情的招招手。

有人低聲問道：「怎麼辦？他好像在叫我們，要不要過去呀？」

有人立刻說：「當然要過去，難得『天神』對我們那麼客氣，那麼友善。」

更多的人都說：「我也覺得，他看起來好親切喔，走吧，我們過去！」

於是，他們一個挨一個，大家緊緊挨在一起，帶著緊張興奮又期待的心情，慢慢朝著「天神」接近。

終於來到「天神」的面前，終於和「天神」面對面了。

「嗨！」「天神」又笑容可掬的招呼了一次。

大家都呆呆的看著「天神」，一時真不知道該說些什麼才好。

「你們怎麼啦？怎麼都不說話？」

這時，一個小女孩鼓起勇氣用崇拜的口吻說：「聽說你的羽毛可以變出好多東西？」

「是啊，」「天神」笑著說：「不管我想要什麼，只要拔下一根羽毛就可以變出來了。」

「不痛嗎？」小女孩又問。

「不痛。根本沒有感覺的。」

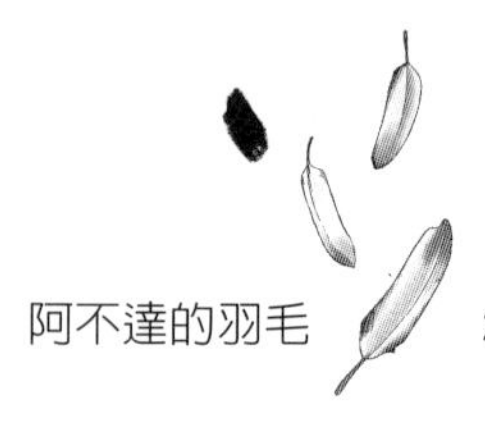

最先發現「天神」的小男孩阿弟問道：「羽毛拔光了怎麼辦呢？」

「拔光？不會的，我每拔掉一根羽毛，很快又會長出一根新的羽毛。」

「哇，好棒哦！」大家都無限羨慕的讚嘆著，很多人還加上這麼一句：「天神畢竟就是天神哪，天神果然就是不一樣！」

不過，「天神」這時卻說：「哎，拜託別再叫我什麼『天神』了啦，我不是『天神』，我是『鳥人族』的一員，我叫作阿不達。」

「鳥人族？阿不達？」雖然大家都沒聽過「鳥人族」，但是，很快的還是阿弟說出了大家的心聲。阿弟說：「我覺得呀，你那麼厲害，是不是天神也無所謂啦，在我們看來，你已經跟天神差不多了！」

稍後，當長老也得到消息趕到海邊的時候，真是大吃一驚！

他先看到一棟非常漂亮的房子（是一棟水晶宮殿），然後看到大夥兒簇擁著一個有翅膀的傢伙，正有說有笑的坐在台階上。

「這麼快就蓋好了？」長老問道。

那個有翅膀的傢伙笑著說：「只不過是對著羽毛吹氣，用不了多久，當然就可以蓋得很快啦。」

長老看看他，又看看宮殿，「你就是鳥人阿不達？這些真的都是你用羽毛變出來的？怎麼可能？」

這回，阿不達根本不用回答，因為大夥兒已經七嘴八舌的搶著替他回答。

有人叫著說：「是真的！我們都看到了！」

大夥兒都紛紛說：「是啊，我們都看到了，真是太奇妙了！」

也就是說，不止一個人親眼目睹了神奇的羽毛。

他們爭先恐後的告訴長老，阿不達是怎樣拔下好幾根羽毛，吹一口氣就變出好幾根摸起來很舒服的柱子（都是大理石的柱子），再拔幾根，吹一口氣變出幾面花花綠綠的窗子（都是精緻名貴的彩繪玻璃），接著又拔了好幾根，分別變出好多好多大家過去見都沒見過的東西（分別是天花板、地板、水晶吊燈、窗簾、壁畫等等）。

「怎麼樣？進來參觀一下吧？」阿不達對長老伸出一隻手，做了一個邀請的動作。

長老抬起腳小心翼翼的往裡頭走，心想，用羽毛變出來的房子靠得住嗎？會不會只是中看不中用啊？

然而，出乎他的意料之外，這座房子的裡頭比外面看起來還要靠得住！

可不是嗎？瞧瞧那些大理石的柱子，多麼氣派；那些彩繪玻璃，多麼的精細；那些金碧輝煌的家具，多麼考究；那些窗簾的流蘇，多麼的典雅……雖然長老過去並沒有見過這些東西，但是這些東西精緻高貴的程度，他還是可以感受得出來。

「這——這些真的都是用羽毛變出來的？」長老覺得這實在是令人難以置信。

有人又搶著說：「是啊，都是用羽毛慢慢變出來的，我們都看到的。」

長老又環顧了一番，驚嘆萬分，連連說著「了不起」，然後又好奇的問了一個問題：「你用了多少根羽毛哇？不能只用一根羽毛就變出一座宮殿嗎？」

「一根羽毛變一座宮殿？」鳥人阿不達笑道：「也可以啦，不過那樣變出來的宮殿就不能住，只能看看而已了，而且品質也不可能這麼好的，我是打算要在這裡長住的，當然要好好的計畫一下啦，接下來我還想要幾個象牙的裝飾品……」

大家都不懂什麼叫作「象牙的裝飾品」，不過，經過這番大開眼界以後，大家都覺得——不懂也是很正常的。

第二天，當長老再來拜訪鳥人阿不達的時候，總算知道什麼叫作「象牙的裝飾品」了。

「嗯，真好看哪。」長老讚美道。

「謝謝，我也很喜歡。」

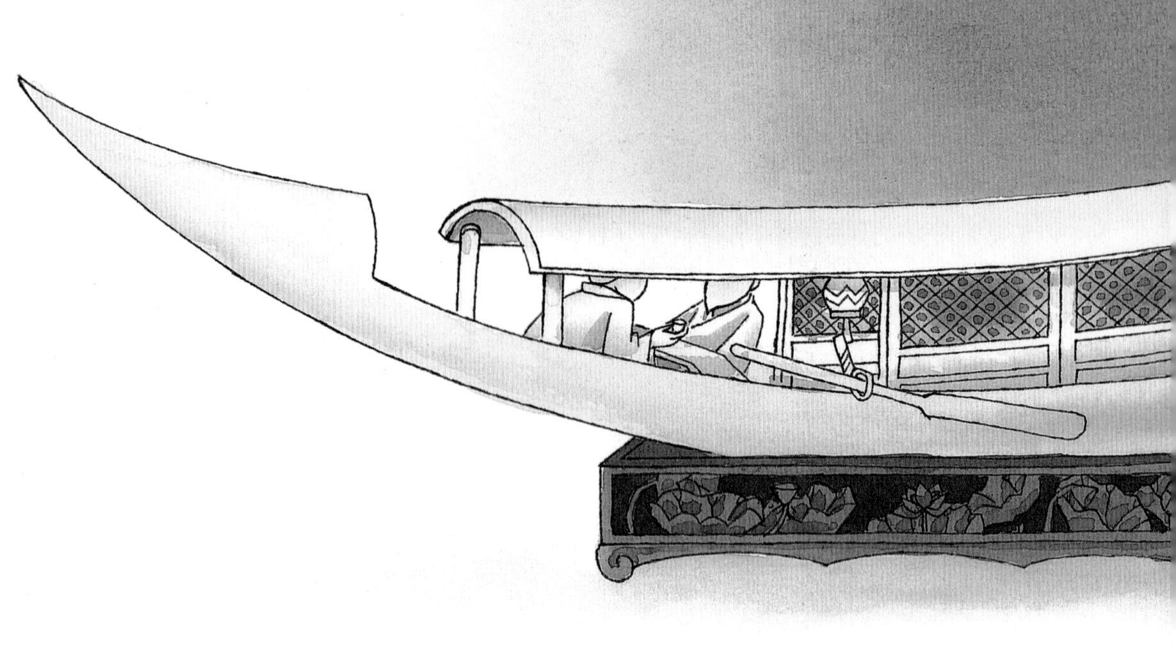

阿不達笑得很開心，「老實說，我向來特別喜歡象牙的裝飾品。」

「不過，這些東西到底是做什麼用的？」

「不做什麼用，就只是擺著看。」

長老在仔細欣賞了其中一個不知道是做什麼用的象牙擺設之後，突然意識到一件事。

「等一下！原來還真的是用大象的長牙做的呀！」長老非常驚訝。

阿不達說：「那是當然的呀，所以才會這麼名貴呀。」

「可是——這有什麼必要呢？你只不過是多了一個東西擺著，大象卻失去了他們的長牙。」

對於這個問題，阿不達不知道該怎麼回答，只好說：「可是你不覺得它們很美嗎？」

「美是很美，可是我總覺得很殘忍——」長老停頓了一下，然後很認真的對阿不達說：「有一個問題，我覺得很奇怪，很想問問你。」

「請說。」

「你用羽毛變出這些東西，雖然你說你的羽毛能夠很快的就長出來，可是這些東西呢？這些東西看起來都是這麼的真實——」

「哦，是啊，它們都是真實的。」

長老愣了一下，「什麼意思？」

「就是說，它們都是從其他的地方來的，它們都是實體，不是虛幻的影像，也就是說，只要我變出來了，它們就不會消失。」

「從其他地方來的？」

「是啊，就是這個世界任何一個地方都有可能，如果你們這裡沒有這些東西，那它們就是從其他地方來的，只不過我也不清楚到底是從哪裡來的就是了。」

「你——不關心嗎？」

「用不著關心哪，反正我能變出來就好了。」

長老無語，心想，這鳥人族還真是得天獨厚、真是方便哪。

過了一會兒，就在阿不達正在把玩一個牙雕的時候，長老慢條斯理的說：「其實，我是從很遠很遠的地方來的，當年我遇到了海難，好不容易才九死一生的漂流到這裡，所以我可以把我所知道的很多事情、包括很多手工藝技術教給這裡的百姓。以前在我的家鄉，大象們經常會被獵殺，它們的長牙經常就這麼莫名其妙的不見了，你想，有的會不會變成了你這裡的裝飾品？」

「我不知道，我從來沒殺過大象，也從來沒見過任何一頭大象被殺。」

「你不需要親自去殺，也不需要親眼目睹——」

阿不達煩躁起來，不想再繼續這個話題，就故意打斷長老的話，「怎麼樣？您今天來找我是有什麼事嗎？」

「嗯，我是有事情想請你幫忙……」

長老走後，阿不達心想：「嘴裡講得那麼好聽，什麼有沒有必要，什麼殘不殘忍，跟他們都是一個調調，其實啊——哼，虛偽！」

所謂「他們」，指的就是阿不達的族人。

阿不達之所以會被放逐，就是因為族人們批評阿不達總是任意用羽毛來變出一大堆沒有必要的東西，並且還屢犯不改。

可是，阿不達始終並不認為自己有多大的過錯。在阿不達的想法裡，既然他們鳥人族具有這種獨一無二的能力，能夠用羽毛變出自己想要的東西，如果不好好善用這種能力，那才是一種浪費呢！何況，什麼叫作必不必要？同樣的東西，有的人覺得必要，有的人覺得不必要，怎麼能因為他覺得必要，而其他的人覺得沒必要，就認定一定是他不對呢？這也太霸道了吧！

阿不達怎麼也想不通，自己的想法竟然得不到任何支持，就連哥哥也不支持，所以——

算了，也罷，放逐就放逐，阿不達已經下定決心，就算現

在只有自己一個人，他也要好好的過，而且，就算是來到這個鬼地方，跟這些土包子在一起生活，他也要過得舒舒服服，該豪華的還是要豪華，該講究的也還是要講究，絕不能打一點折扣！

阿不達又想，哼，什麼叫作不必要？如果那些破茅屋住起來真的那麼舒服，長老又為什麼也想要住好房子呢？還想要他幫忙變出來？

不過——算了，阿不達看看自己的翅膀，幸好羽毛很多，而且用掉了又會長出來，不怕不怕，就當作是做好事好了。反正呢，既然以後是要在這裡長住，讓這些土包子高興一下也是必要的。

阿不達一口氣用五十幾根羽毛，變出了五十幾棟用磚瓦搭建的房子，村子裡每一戶人家都有了新房子。這些房子跟他們過去所住的茅屋比較起來，明顯要堅固得多，大家都高興極了，對阿不達更是謝天謝地，都感激得不得了。

不過，阿不達沒有想到，他才剛剛回到自己的水晶宮殿，村民們竟然就一個一個絡繹不絕的又來找他，都紛紛提出了新的要求。

有的說：「拜託，我也想要一個像你這樣的燈。」

有的說：「我想要一張像你這樣的桌子。」

有的說：「我想要一個像你這樣的屋頂。」

……

天哪！阿不達心想，怎麼會這麼貪心不足哇！也不想想跟以前的破茅屋比較起來，現在能有一個磚瓦房已經很不錯了呀！

阿不達本來不大想理他們，但是，

他們一個個都還不忘加上一句：「反正你不是說你的羽毛用掉了一根就會很快的又長一根出來嗎？」

說得阿不達好像還不好立刻拒絕他們（儘管他真的實在很懶得去理他們），只好先說「明天再說吧」，然後一個一個先趕快把他們給送走。

阿不達急急忙忙的把大門關上，心裡很不開心；回想前兩天早上剛剛來到這裡的時候，他還覺得這些村民還滿可愛的，可是，才這麼短短一會兒的工夫，他已經覺得這些傢伙一點也不可愛了！

他真想離開這裡，可是——阿不達也知道，這是不可能的，因為，被放逐的人沒有權利來選擇與挑剔自己的去處，這是「鳥人族」的規矩。

看來，明天可能還是得去應付他們一下。哎，阿不達心想，真討厭……

「咚咚咚！」突然，有人敲門。

「誰呀？」阿不達扯著嗓子不耐煩的問道。

「是我。」是一個小孩子的聲音。

阿不達開門一看，原來是阿弟來了。

「怎麼？你也要來跟我提什麼要求？你想要什麼？還是你爸媽想要什麼？」連阿不達自己都聽得出來，他的聲音聽起來不是太友善，但是，他控制不住。

不過，阿弟搖搖頭，「不是，我不是來跟你要東西。」

「那你有什麼事？我累了。」

「我想問你，我記得你說過你的羽毛用掉一根就能立刻長出一根。」

「可是那也不能亂用啊！」阿不達急呼呼的嚷著：「那我一天到晚幫你們跑來跑去就好了，我什麼事也不要做了，我蓋了這麼漂亮的房子自己也享受不到，因為我都待在外面那些鬼地方，多可惜！我來這裡不是要替你們跑腿的，我也要自己放鬆一下，我來這裡是——是渡假！」

阿不達似乎忘了阿弟只是一個小孩子，又或者是剛才不好意思跟那些大人說的話，現在一放鬆，竟然一股腦兒就統統都倒在阿弟的頭上！

阿弟看著一臉怒容的阿不達，似乎很害怕，怯怯的說：

「你不要生氣，我只是想提醒你——」

「嗯，什麼事？說呀。」

「我——我們這裡不是鬼地方——」

「啊？你突然跑來，不讓我休息，就是要跟我說這個？」

阿不達覺得自己的耐性已經快要到極限了！馬上就要爆炸了！

「不是不是，其實我是想跟你說——我覺得你的羽毛好像好像沒有長出來——」

「什麼？怎麼可能？」阿不達側身看看自己的翅膀，看了一會兒，猛然發覺自己的翅膀好像是有那麼一點怪怪的，他嚇了一跳，趕緊跑到玄關那面大大的鏡子前面左照照右照照。

「怪了，」阿不達嘟囔著：「好像是長得比較慢——怎麼會這樣呢？」

以前，向來都是他一用掉一根，差不多在同一時間馬上

就會又長出一根，所以，他的翅膀始終看起來都是很濃密，但是現在——阿不達實在不願意承認，他的羽毛看起來好像稀疏多了？

偏偏阿弟還要繼續往下說：「我覺得好像不是長得比較慢，是根本沒長出來。

這幾天你用掉的羽毛，好像用掉了就是用掉了，根本沒長出來。」

「真的嗎？」阿不達非常震驚，震驚得心都要涼了。

第二天，阿不達就病了。他是被嚇病的。

他現在才知道，原來這才是「放逐」真正的意思！原來他神奇的羽毛再也不是取之不盡、用之不竭的了，原來現在他用掉一根就是少一根了！

那可怎麼辦哪！阿不達惶恐萬分的想著，那等他的羽毛統統都用光了以後，他的翅膀還能叫作翅膀嗎？不是就只剩下光禿禿的骨架了嗎？那多難看、多恐怖哇！

阿不達也非常後悔，真不該替那些村民蓋房子，白白浪費了五十幾根寶貝羽毛！

聽說阿不達病了，村民們都很意外，紛紛聚在阿不達水晶宮殿的大門口，你一言、我一語的議論著：「鳥人族也會生病？」

有人覺得很奇怪：「他怎麼不用羽毛把病痛趕走，讓自己恢復健康呢？」

有人則立刻說：「羽毛不能做這種事啦，難道你們還沒搞清楚，羽毛只能變出那些摸得到也看得到的東西。」

大家都突然覺得，一旦知道鳥人族跟他們一樣，居然也會生病，感覺上就不會覺得鳥人族有那麼的神奇了。

「不過，等他好了，我們還是可以跟他要求，要他幫我們變東西出來。」一個村民說。

其他的村民也都紛紛表示贊同。

大家在阿不達的家門口守了好一會兒以後，才陸陸續續的離開。

一直保持沉默的阿弟，等到大家都走了，才悄悄的從一扇窗戶爬了進去，再從樓梯輕輕走到二樓阿不達的臥房。

阿不達正側身躺在床上，兩個眼睛睜得大大的。阿弟想起前幾天早上，他在沙灘上剛剛發現阿不達，而且阿不達剛剛睜開眼睛的時候，看起來跟現在的樣子有一點像，但又不是太像；主要是因為阿弟覺得阿不達現在的眼睛裡看起來好像滿害怕的。

「他們走了？」阿不達問；聲音聽起來有氣沒力。

「走了。不過他們都說明天還要再來。」

「啊？明天還要再來？叫他們不要來了！都不要再來

了！」阿不達煩糟糟的嚷嚷著：「就跟他們說，沒有羽毛了！再也沒有羽毛了！」

「那——」阿弟低低的說：「那大家一定都會很失望——」

「失望什麼呀！就當我沒來過，就當我不存在吧！我沒來以前，你們的日子不是一樣過，破房子不是也一樣住！」

阿弟說：「可是，你的房子這麼大、這麼漂亮，我們天天都可以看得到，要怎麼當你不存在？」

「我不知道，這是你們的問題，不是我的問題！」阿不達斬釘截鐵的說：「我的羽毛有限——」

「怎麼會？你的羽毛明明還有很多——」

「可是現在情況不同了呀，現在是用掉一根就會少掉一根，你懂不懂？這樣下去，我的羽毛很快就會用光，我很快就會有一對可笑可悲、又禿又醜的翅膀！」

「你怎麼能這麼說呀！」阿弟突然叫起來，「至少你現在還有這麼多的羽毛，你還可以做很多的事，還可以變出很多的東西，而我們是連一根也沒有的！我還以為你是好人呢！」

說完，阿弟就跑走了！

阿弟畢竟還小，說不清楚自己的感覺；他的意思是，本來他還以為阿不達是高高興興的替大家蓋穩固的新房子，沒想到阿不達竟然是這麼的勉強！現在一旦發覺原來羽毛用掉之後不能再生，竟然就這麼的小氣！

阿弟覺得好失望。不過，阿不達也不在乎；他現在煩惱自己的問題都來不及了，哪裡還有那個閒工夫去想到別人！

阿弟走了以後，阿不達還是自暴自棄的躺在床上，東想西想，一直在盤算接下來該怎麼辦？

他原本還以為，遭到放逐只是一時的懲罰（唉，誰教自己之前一直不把那些警告當一回事呢？），可是，如果羽毛是有限的，那就一定會有用完的時候，那等到羽毛全部都用完了，他的翅膀變成一副光禿禿的骨架了，他還怎麼飛呢？不能飛的話還能夠叫作鳥人嗎？更重要的是，這麼一來，是不是就意味

著他就真的再也回不了家鄉了？

阿不達愈想愈覺得，自己恐怕是永遠的被放逐了，永遠的被迫離開自己的族人了……

這時，外頭下起了大雨。

阿不達嚇了一跳。所有的鳥人都怕大雨，這就像他們的羽毛具有神奇的魔力一樣，都是與生俱來的。

阿不達看著窗外的大雨，看了一會兒，重新又倒回床上，然後用被子蒙住頭，就這樣躺著不動，呆呆的聽著窗外嘩啦嘩啦的雨聲，感覺上就好像是老天爺故意把水龍頭開到最大，拚了命的狂下。阿不達心想，既然今後都注定了是要自己一個人，那麼他就得勇敢一點。至少反正現在即使下大雨也不能像以前那樣趕緊飛回去避難，那麼起碼他就得趕快習慣這種雨夜吧！阿不達聽著聽著，慢慢的不那麼害怕了，但是心情卻益發的低落……

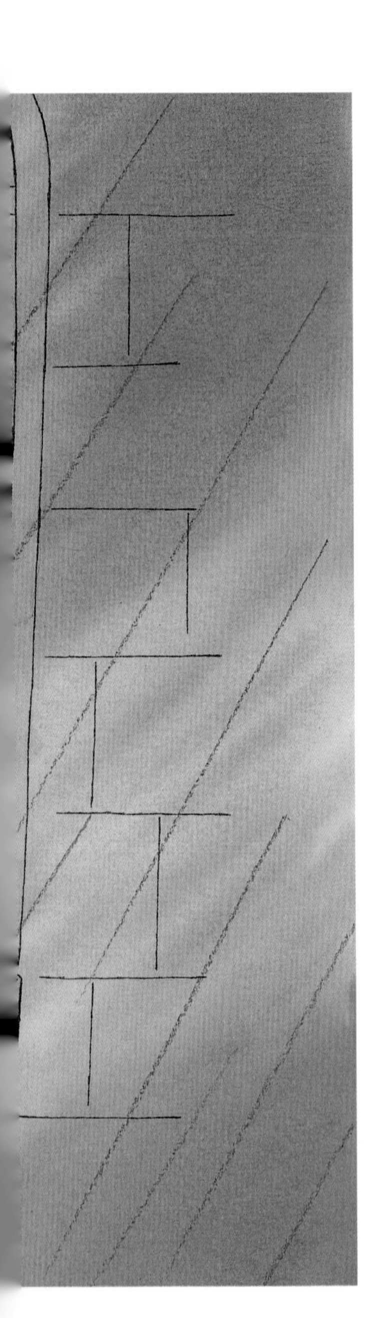

忽然，他聽到好像有人在敲窗子。

一開始他還以為是自己聽錯了，還是蒙著頭一動也不動。但是，敲窗子的聲音還在繼續，並且比剛才敲得更急。阿不達坐起來一看，赫然看到窗外有一隻「大鳥」，正趴著窗子好像很費勁的在往裡頭張望。這時，剛好一個閃電照亮了天空，就在這一瞬間，阿不達看清了那隻「大鳥」。

「哥哥！」阿不達驚喜的大叫，趕快以最快的速度掀開被子跳下床，衝到窗邊去開窗，把哥哥放進來。

哥哥渾身都淋溼了，兩個翅膀也下垂著，還都滴著水，看起來好慘。

「你怎麼來了？」阿不達好激動。一邊說著，一邊趕緊把壁爐升起了火，要哥哥坐在爐邊烤火，並且還趕快拿了乾淨的袍子給哥哥換，又拿了大毛巾幫哥哥擦拭溼答答的羽毛。

「你還好吧？」哥哥開口問道。

「唉，還好吧——你怎麼會突然跑來？」

「我來看你呀，只有在這種雨夜，門禁才會比較鬆，我就

乘機溜出來了。」

長久以來，鳥人族一直是生活在高山上，自成一個世界。原本鳥人國進進出出都有嚴格的管制，但是一到雨夜，特別是像雨勢這麼大的夜晚，為了讓所有還在外面的鳥人都能立刻回家，就減少了在大門口的檢查。

想到哥哥這樣冒著雨來探望自己，阿不達的心裡就一陣暖意。

哥哥仔細的看著阿不達，有些不確定的問道：「你的翅膀

——好像不大一樣？好像看起來比較稀疏了？是嗎？還是我眼花了？」

阿不達重重的嘆了一口氣，「不是你眼花，是真的，我的羽毛是稀疏了，變少了，原來——我在這裡，每一根羽毛用掉就是用掉了，不會再長出來的。」

哥哥一聽，也很吃驚，「真的嗎？你確定？」

「當然確定。這幾天我一口氣用掉了將近一百根羽毛吧，可是好像都沒長出來！」

哥哥盯著阿不達的翅膀又看了一下，然後也嘆息道：「怪不得以往只要是被放逐的人，沒有一個回來的。」

是啊，阿不達現在也已經意識到這一點了。

「哥，謝謝你還專程來看我。」

「唉，早就告訴過你，不可以這樣亂用羽毛的。」

哥哥的意思是說，之前早就不知道提醒過阿不達多少次，不可以濫用神奇的羽毛，然而阿不達就是不聽，或者說就是控制不了自己，到頭來才會遭到被放逐的命運，也或許是離開了

家鄉，才導致現在連羽毛也失去了自動再生的神力。

原來，長久以來鳥人族都相信，上天賜給他們這種能夠用羽毛變成東西、同時羽毛還能不斷補充的能力，是為了要讓他們做好事，事實上鳥人族每一次來到人間也都是為了要暗中做好事，特別是對那些窮苦的人雪中送炭，然而，阿不達自從第一次來到人間，就被那些奢侈品給迷住了，他不是沒有用羽毛做好事，但他同時也用羽毛為自己做了不少的「好事」，那就是回到鳥人國以後，他在自己家中陸陸續續變出了一大堆的奢侈品。阿不達總想，反正羽毛一用完就可以再生，怎麼用也用不完，替自己服務一下有什麼關係呢！

然而，這是違反鳥人國的法令的。最初，在受到規勸之後，阿不達也會收斂，但是後來他就愈來愈麻痺、愈來愈我行我素，終於到了有一天，他被趕出了鳥人國。

「那你現在怎麼辦呢？」哥哥問。

「不知道，大概就準備做一個禿毛的鳥人吧。」

「那你現在剩下的這些羽毛，打算要怎麼安排？」

阿不達還是說：「不知道。再說吧。反正怎麼安排還不都是差不多。」

看著哥哥一臉愁容，阿不達反而故作輕鬆的說：「算了，無所謂啦，就算是我應得的懲罰吧，也算是我終於體會到再怎麼珍貴的東西也有用完的時候！別談這些了，還是告訴我一些家鄉的事吧！」

兄弟倆就這麼促膝談心，一直到深夜。

後來，雨停了。哥哥說：「我該走了。」

兄弟倆默默的擁抱，哥哥說：「下次見面不知道是什麼時候——」

阿不達打開窗戶。在哥哥站上窗台，正打算要振翅起飛的時候，回過頭來對阿不達說：「既然現在已經知道羽毛終將用盡，那麼，還是好好的安排一下吧。」

阿不達不置可否。兄弟倆又互道一聲「珍重」之後，阿不達依依不捨的目送著哥哥離去。

阿不達感覺自己好像才剛剛睡著，就聽到有人在重重的敲門。

他心不甘、情不願的爬起來。走到樓下，打開大門一看，只看見長老和一大堆村民都站在門口。

「你們這是——」

阿不達首先想到的是這些村民一大早就來叫他辦事，又要叫他幫著變這變那，而且居然還是長老領頭帶著大家一起來！這實在是有點過分吧！但是——再稍微看一下，阿不達又覺得好像不太像——因為村民們的眼神裡好像有一種不一樣的東西，這是他們昨天在向他提各式各樣要求的時候所沒有的東西。

不過，阿不達不必狐疑太久，因為長老已經代表大家開口了。

「感謝你！」長老說：「實在是太感謝你了！」

「是啊，真的是好感謝你！」村民們也都紛紛說著，語氣一個個都是那麼的真摯而熱烈。

阿不達一時還不能會意。直到長老代表大家又感謝了一番之後，阿不達才明白過來到底是怎麼回事。

原來，昨天晚上的那場大雨，大家安安穩穩的待在磚瓦房裡，享受到了一種前所未有的安全和安心，這是他們過去住在破茅屋裡從來沒有過的感覺。而只要一想到這些堅固的磚瓦房是阿不達送給他們的，大家的心裡就對阿不達產生了十二萬分的感激之情，因此天亮以後，大家就自動自發的紛紛聚集起來，一起來向阿不達表達謝意。

但是，阿不達還是擔心村民們還會要求更多，腦筋一轉，心想其實現在倒是一個跟他們說清楚的好機會，於是就主動說明：「大家不必客氣，不過，以後恐怕沒有了，我昨天才發現一件非常遺憾的事，原來我的羽毛一離開家鄉就不能自動再生，所以我沒辦法再滿足你們那麼多的要求了。」

沒想到，話剛說完，長老就說：「沒關係的，我們都知道了，阿弟都告訴我們了。」

這時，阿不達才看到阿弟正拿著一個鼓鼓的布袋站在一邊。阿不達記得阿弟昨天晚上可以說差不多是被自己給轟走的，可是現在阿弟看起來好像並不記恨，看著自己的眼神還是帶著笑意。

長老又說：「剛才我們正要朝你這裡過來的時候，這孩子急急忙忙的擋在我們的前面，告訴我們原來你的羽毛不能再生，要我們別再為難你，別再來跟你要東西。」

哦。原來如此。阿不達聽到話被講得這麼直接，突然感到很不好意思，可是看看這些村民，一個個看起來倒好像都不在意。

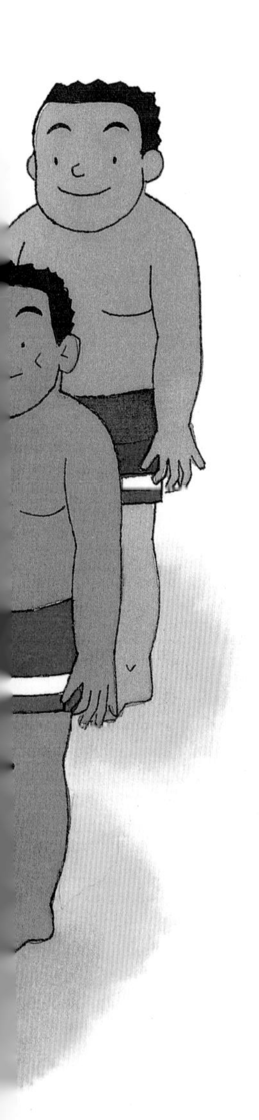

有人說：「我們不會再跟你要東西了，有這棟房子已經很夠了，已經很幸運了！」

也有人說：「你的羽毛你就留著自己用吧，畢竟你跟我們不同，你不是一般人，你需要用些特別的東西。」

長老則是說：「反正我們今天來，一個是要向你表達感謝，另一個也是想讓你放心，我們都不會再跟你要東西了。」

還有的村民說：「以後吃的東西你就不要再用羽毛變了，頂多再變一次，讓我們看看到底要怎麼做，以後我們來做給你吃，這樣你就可以節省一點羽毛了。」

不一會兒，大家都紛紛離去以後，阿弟卻還站在那裡。

「你還有事嗎？」阿不達問。他心裡有一點埋怨阿弟把話說得那麼直接，感覺實在有一點尷尬，但另一方面又覺得其實這樣也好，免得自己還不知道該怎麼開口拒絕村民們的要求呢；畢竟，如果阿弟不說，搞不好村民們是會繼續跟他提出很多要求的呀，他們昨天不是還一個個都那麼激動，還在自己家門口守候了好一會兒才走的嗎？

「我——我幫你收集了一點東西。」阿弟走過來。

「什麼東西？」阿不達很納悶。

阿弟走到阿不達的面前，打開布袋，笑咪咪的說：「你看。」

阿不達探頭一看，非常意外，裡頭竟然是一堆的羽毛！仔細一看就知道是雞毛和鴨毛！

「這——這是什麼意思？」阿不達一頭霧水。

「給你做裝飾啊！我問過長老什麼叫作『裝飾品』，他說就是那些不是很必要、可是比較好看的東西，我就想，你昨天發現羽毛不會再長出來的時候，那麼激動，一定是擔心會不好看吧，那我可以幫你把那些稀稀疏疏的地方用這些羽毛補起來，這樣就好看了，而且，顏色不同，你也不會拔錯，這可是我到好幾戶人家的雞棚和鴨棚裡收集來的呢。」

看著阿弟天真的笑容，以及他為自己所準備的這包特殊的禮物，阿不達難得有了一種慚愧的感覺。

接下來，一連好幾天，阿不達都很少出去，幾乎都待在自己豪華氣派的水晶宮殿裡。

他需要好好的想一想。

那天，村民們對他的善意，以及他們所說的話，讓他沒有辦法不去想。

尤其是有一個村民說，「你跟我們不同，你不是一般人，你需要用些特別的東西」，這讓阿不達一下子感到有一種說不

出的愧疚。

其實，就算他是鳥人，但是一棟普通的磚瓦房就已足夠遮風擋雨，他真的需要這麼一棟水晶宮殿嗎？好像未必吧！

更不要說那麼多的「裝飾品」了……

阿不達也不斷想起哥哥那大晚上在臨走前對他的忠告——「既然現在已經知道羽毛終將用盡，那麼，

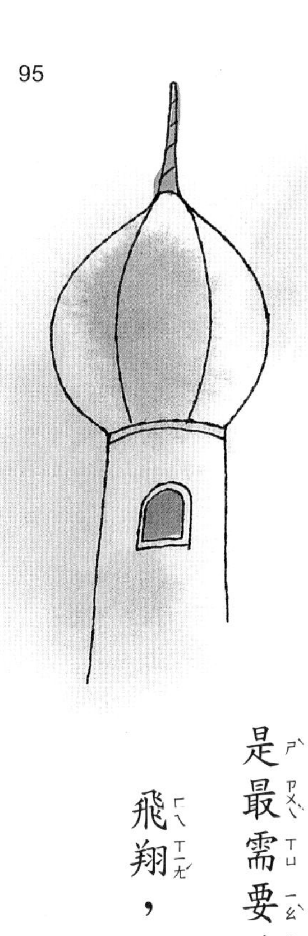

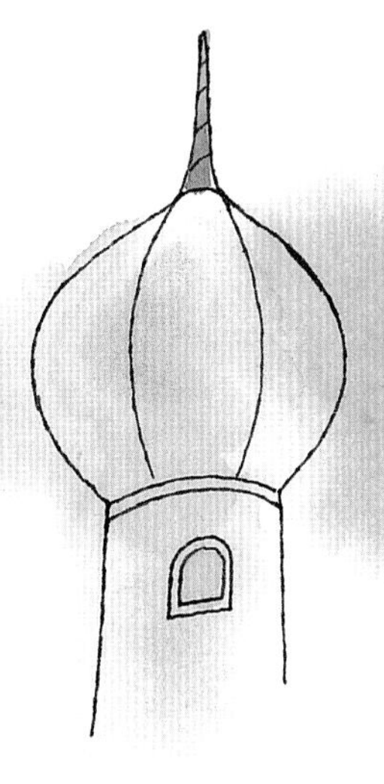
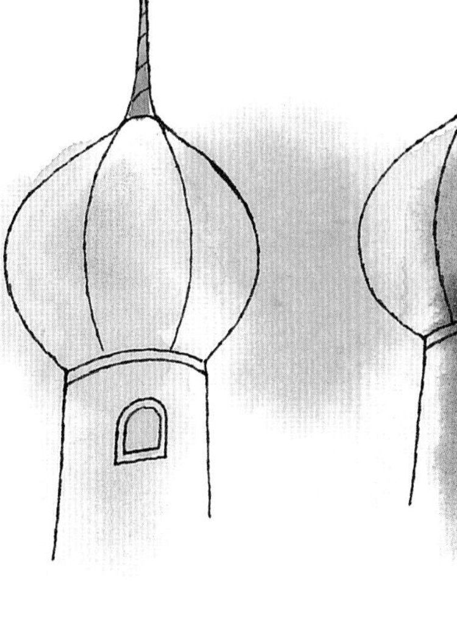

還是好好的安排一下吧！」

是的，他是應該好好的安排一下。

該怎麼安排呢？

他還需要第二棟、第三棟的豪華宮殿嗎？

還需要更多更多的裝飾品嗎？

阿不達愈想愈覺得，其實，這些都不是最需要的，他最需要的是還能夠繼續飛翔，因為，他是鳥人！

那麼，他就不能再用掉任何一根羽毛！以現在這樣的翅膀，他還能飛！

可是——就算不用，羽毛也有可能會在其他不注意或是不小心的情況之下掉下來呀，就像下著暴雨的那天晚上，他自暴自棄的一直躺在床上，結果，在輾轉反側之際，就平白掉了好幾根羽毛。這些羽毛都來不及吹口氣變成某種東西，就這麼白白落掉，真是浪費。

阿不達想著想著，不免又想到那天早上，當村民們一起來探望他，對他表示那麼熱烈的感謝，當時他們眼神裡所流露出來的那種特別的東西，也是阿不達過去所不曾看到過的。因為，按鳥人族的傳統，只能默默的送東西給別人，送完就走，所以從前他還不曾這樣被人當面感謝過，甚至不曾真正意識到自己會被什麼人需要，他只是把這種善舉當成是例行公事，而只是想利用能到人間溜達溜達的機會，到處收集那些裝飾品的樣子，回去之後才能再照樣變一個出來！現在他覺得，這種被人需要、被人感謝的感覺還真不壞。

最後，阿不達做出了決定；與其讓這些神奇的羽毛在不經意間被浪費掉，還不如先提早把它們拔下來做最好的運用。於是，他叫阿弟幫忙，把羽毛統統拔下來，再平均分配，送給村子裡每一戶人家，再按每戶人家的要求，變出一些他們想要的、需要的東西。

也就是說，阿不達的翅膀提早禿了，提早變成了一副骨

架。

不過，阿弟的媽媽擔心阿不達難過，特地為他裁了兩片布，然後縫在他翅膀的骨架上。

多虧她的好心，有一天，阿不達意外發現，靠著這樣一副新的翅膀，雖然他現在不能再長時間的飛行，可是，當氣候條件許可的時候，他還是有機會藉著氣流在空中展翅滑翔一番。這麼一來，也就算是不枉「鳥人族」這個名號了。

從此，阿不達成了一個全新的鳥人。

《阿不達的羽毛》後記

◎管家琪

作家寫作也經常會面臨像小朋友所面臨的「命題作文」的情況。這篇《阿不達的羽毛》就是一個被要求能融入一點環保概念的童話。

該怎麼樣來和孩子們談環保呢？該怎麼樣才能談得不是那麼生硬，而能夠擁有故事性，甚至於更好的是還能夠擁有趣味性呢？「寓教於樂」確實是兒童文學值得追求的理想啊。

我想了很久，決定盡量只提煉一個跟環保有關的重要概念，盡可能自然的融入到故事裡，成為故事的精神，而不要板著臉孔來跟小朋友大上環保課，企圖假借動物或植物或玩具之口，大段大段的抄一些環保知識塞在裡頭。

就像我們常說的「言教不如身教」一樣，真正高明有效的教育不是靠著會說，光是滿嘴大道理是很難產生什麼效果的，教育需要感染力。同時，道理不需要多，但一定要簡單明瞭。

＊＊＊

《阿不達的羽毛》這篇童話的靈感就是來自於「一切都是有限資源」這個概念。

我認為，如果希望大家能夠自發性的、由衷的產生想要愛惜資源之心，前提就是必須先讓大家意識到，一切資源都是有限的，都不可能是取之不盡、用之不竭的。

＊　＊　＊

記得我還在念小學的時候，每次參加即席演講，經常會碰到一個題目，那就是──「如果我還有三個月的生命」。現在想來，其實這個題目實在是不太適合小朋友，小朋友還那麼小，這個題目會不會有一點嚇人啊？不過，當時我們雖然都還不到十二歲，但是大家模模糊糊都還是可以約略揣摩出這個題目的重點是在於「時間不夠了，想做什麼就得趕快做」！於是乎，很多人幾乎都會說：「我要趕快環遊世界！」

（「環遊世界」似乎是一個最老少咸宜、最能得到認同的夢想了。）

如果不是發覺到時間不夠，怎麼會有這種「想做什麼就得趕快做」的急迫感呢？

我們常說，要把握當下，而要能夠做到把握當下，前提也必須是先意識到「生命無常」這個事實；也許這一分鐘大家還在一起，下一分鐘卻已天人永隔……我們永遠不能夠那麼準確的預知生命會在什麼時候結束，你以為至少應該還有二、三十年吧，實際上也許真的就只剩下區區幾年、甚至短短幾天呢！既然如此，何必要花那麼多的精力去為已經不可改變的「昨天」而苦惱，或是為了還沒有到來的「明天」而憂慮，我們所能做的其實只有把握住此時此刻，認認真真的過好「今天」。

＊　＊　＊

宗教上說，「只要珍惜糧食就會有糧食，珍惜衣服就會有衣服」，其實，「福氣」也是一樣的，只有惜福的人才會有福，總之這都同樣是一種「把握當下」的概念；只要我們在當下（此時此刻）懂得珍惜、愛惜看得見的衣服和糧食，以及彷彿看不見的、抽象的「福氣」，我們就能不虞匱乏。

那麼，為什麼如果不珍惜、不愛惜，這些衣服也好、糧食也罷，乃至於人人都渴望的「福氣」就會愈來愈不足呢？就是因為世間一切無論是有形還是無形的資源，都是有限的，都有用完的一天。

我覺得這其實也正是一種環保的概念啊。

＊　＊　＊

一般鳥類平均有多少根羽毛？

書上說，平均有三萬六千根。

「三萬六千根」，感覺上是不是很多啊？但是，「三萬六」畢竟還是一個可

數的、同時也是一個有限的數字。

在這個故事裡，主人翁阿不達是天上鳥人族的一員。跟每一個鳥人一樣，阿不達有一雙羽毛茂密的翅膀，而且，鳥人族的羽毛還非常神奇，不僅可以幻化成任何有形的東西，每用掉一根以後還立刻就會長出一根；也就是說，鳥人族的羽毛原本形同是一項永遠也用不盡的「無限」資源。

直到阿不達遭到放逐，被丟到人間以後，他才逐漸吃驚的意識到，他神奇的羽毛不再是取之不盡、用之不竭了；在人間，阿不達的羽毛變成了有限資源，用掉一根就少一根。

那麼，阿不達為什麼會遭到鳥人族的放逐呢？這是因為鳥人族之所以會擁有如此神奇的羽毛，原本是上天要他們拿這些羽毛來做好事的，然而，阿不達在做好事之餘，竟也偷偷拿這些羽毛來滿足自己對於那些裝飾品的渴望。

＊　＊　＊

只有意識到生命原來是有限的，我們才能把心思集中在那些真正有價值的事情上。比方說，一旦發現自己被病魔纏上之後，你還會抱怨自己不夠苗條、或者不夠英俊美麗、或者小孩不夠乖、或者房子不夠貴不夠大嗎？不會的，在這個時候你一定只會希望自己能夠早日康復。這也難怪很多人在大病一場之後，生活態度都會與過去截然不同，都會變得樸素得多，這是

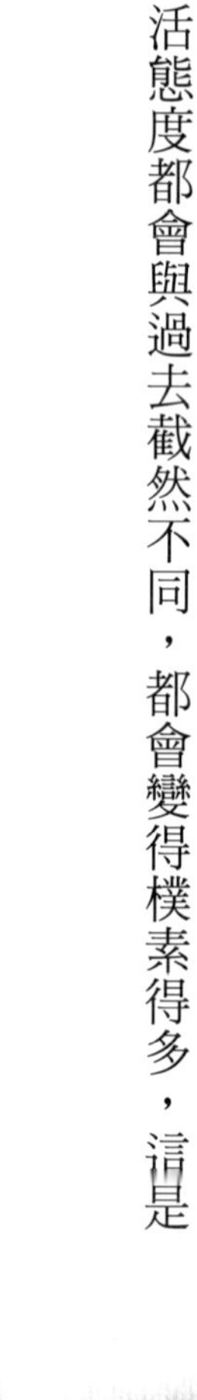
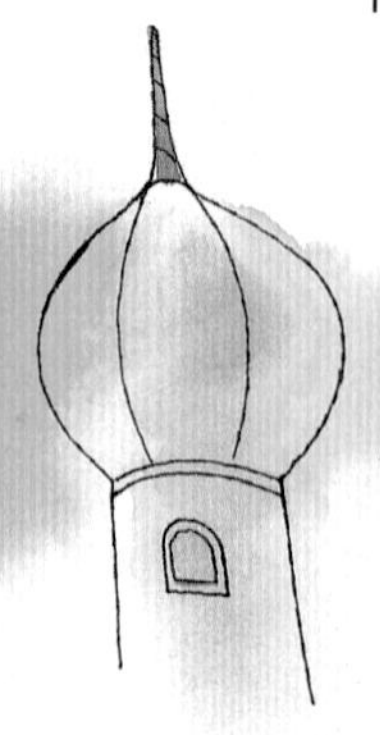

很有道理的，因為只有在病中我們才會深刻的體會到，一味的追求物質上的滿足實在是很無謂，我們到底有幾個胃能夠吃多少好東西？而且，只要能吃飽，為什麼非要老是都吃那些高價的食物呢？要知道，就是由於很多人對物質的盲目追求，才會危及到很多生物瀕臨絕種的啊。

總之，我覺得，「降低對物質的欲望」，不僅是關乎個人的修養，同樣也是關乎對於環境、對於一切生物的保護。而只要我們能夠先意識到原來資源是有限的，我們也才會降低自己對物質的欲望吧！

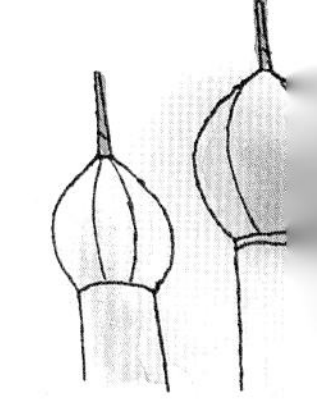

國家圖書館出版品預行編目資料

阿不達的羽毛／管家琪作；陳維霖圖. --
初版. --台北市：幼獅, 2012.11
面； 公分. --（新High兒童.故事館；12）

ISBN 978-957-574-885-2（平裝）

859.6　　101020793

・新High兒童・故事館・12・

阿不達的羽毛

作　　者＝管家琪
繪　　圖＝陳維霖
出 版 者＝幼獅文化事業股份有限公司
發 行 人＝李鍾桂
總 經 理＝廖翰聲
總 編 輯＝劉淑華
主　　編＝林泊瑜
編　　輯＝周雅娣
美術編輯＝李祥銘
總 公 司＝10045台北市重慶南路1段66-1號3樓
電　　話＝(02)2311-2832
傳　　真＝(0[illegible])[illegible]311 [illegible]
郵政劃撥＝00033368

門市
・松江展示中心：10422台北市松江路219號
電話：(02)2502-5858轉734　傳真：(02)2503-6601
・苗栗育達店：36143苗栗縣造橋鄉談文村學府路168號（育達商業科技大學內）
電話：(037)652-191　傳真：(037)652-251

印　　刷＝欣佑彩色製版印刷股份有限公司
定　　價＝260元
港　　幣＝87元
初　　版＝2012.11
書　　號＝987210

幼獅樂讀網
http://www.youth.com.tw
e-mail:customer@youth.com.tw

行政院新聞局核准登記證局版台業字第0143號

幼獅文化公司／讀者服務卡／

感謝您購買幼獅公司出版的好書！
為提升服務品質與出版更優質的圖書，敬請撥冗填寫後（免貼郵票）擲寄本公司，或傳真（傳真電話02-23115368），我們將參考您的意見、分享您的觀點，出版更多的好書。並**不定期提供您相關書訊、活動、特惠專案等**。謝謝！

基本資料

姓名：……………………先生／小姐

婚姻狀況：□已婚 □未婚　職業：□學生 □公教 □上班族 □家管 □其他

出生：民國……………年……………月……………日

電話：（公）……………（宅）……………（手機）……………

e-mail：……………………

聯絡地址：……………………

1.您所購買的書名：**阿不達的羽毛**

2.您通常以何種方式購書?：□1.書店買書 □2.網路購書 □3.傳真訂購 □4.郵局劃撥
（可複選） □5.幼獅門市 □6.團體訂購 □7.其他

3.您是否曾買過幼獅其他出版品：□是，□1.圖書 □2.幼獅文藝 □3.幼獅少年
□否

4.您從何處得知本書訊息：□1.師長介紹 □2.朋友介紹 □3.幼獅少年雜誌
（可複選） □4.幼獅文藝雜誌 □5.報章雜誌書評介紹……………報
□6.DM傳單、海報 □7.書店 □8.廣播(　　　　　)
□9.電子報、edm □10.其他……………

5.您喜歡本書的原因：□1.作者 □2.書名 □3.內容 □4.封面設計 □5.其他

6.您不喜歡本書的原因：□1.作者 □2.書名 □3.內容 □4.封面設計 □5.其他

7.您希望得知的出版訊息：□1.青少年讀物 □2.兒童讀物 □3.親子叢書
□4.教師充電系列 □5.其他

8.您覺得本書的價格：□1.偏高 □2.合理 □3.偏低

9.讀完本書後您覺得：□1.很有收穫 □2.有收穫 □3.收穫不多 □4.沒收穫

10.敬請推薦親友，共同加入我們的閱讀計畫，我們將適時寄送相關書訊，以豐富書香與心靈的空間：

(1)姓名……………e-mail……………電話……………

(2)姓名……………e-mail……………電話……………

(3)姓名……………e-mail……………電話……………

11.您對本書或本公司的建議：

廣　告　回　信
台北郵局登記證
台北廣字第942號

請直接投郵　免貼郵票

10045　台北市重慶南路一段66-1號3樓

幼獅文化事業股份有限公司 收

請沿虛線對折寄回

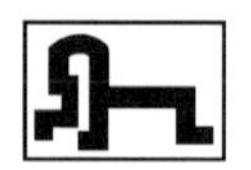

客服專線：02-23112832分機208　　傳真：02-23115368

e-mail：customer@youth.com.tw

幼獅樂讀網http：//www.youth.com.tw